KB073445

또 하나의 추억

또 하나의 추억

초판 1쇄 인쇄일 2021년 11월 3일
초판 1쇄 발행일 2021년 11월 12일

지은이 오옥섭
발행처 (재)당진문화재단
주 소 충남 당진시 무수동2길 25-21
전 화 041.350.2932
팩 스 041.354.6605
홈페이지 www.dangjinart.kr

펴낸이 양옥매
디자인 김영주 송다희
교 정 조준경

펴낸곳 도서출판 책과나무
출판등록 제2012-000376
주소 서울특별시 마포구 방울내로 79 이노빌딩 302호
대표전화 02.372.1537 **팩스** 02.372.1538
이메일 booknamu2007@naver.com
홈페이지 www.booknamu.com
ISBN 979-11-6752-048-7 (03810)

* 저작권법에 의해 보호를 받는 저작물이므로 저자와 출판사의 동의 없이
  내용의 일부를 인용하거나 발췌하는 것을 금합니다.
* 파손된 책은 구입처에서 교환해 드립니다.

2021 당진 올해의 문학인 선정작품집

또 하나의 추억

오옥섭 詩集

당진문화재단

〃 자연과 친밀한 시인 〃

오옥섭 시인님! 알뜰하고 아름다운 삶을 가꾸며 "심장의 꽃 나의 시"를 꽃피워 이제 한 권의 시집을 엮는다는 소식에 반가운 마음으로 축하합니다.

어느 해 가을 날 파란 하늘 아래의 환한 마당에서 보았던 자연염색의 천들, 꿀벌과 가을꽃들, 그리고 정성이 깃든 정갈한 밥상 등등…. 자연을 사랑하며 자연과 친밀한 시인의 삶은 작품 곳곳에 은은한 향기로 깃들어 있을 것입니다.

시가 삶이 되고 삶이 시가 되는 아우름. 이제 이 향기가 가까운 이웃은 물론, 먼 곳의 독자들에게까지 널리널리 퍼져 전해지기를 바랍니다.

- 허영자(시인, 전 한국시인협회 이사장)

별처럼 빛나는 시인이 되기를

'하늘엔 별이 시인이요, 지상엔 시인이 별이다.' 어느 시인이 말했습니다.

우리는 일상 속에서 자꾸만 건조해지고 있습니다. 그칠 줄 모르는 코로나 펜데믹의 시대에 갇혀 더할 나위 없는 고통과 가장 깊고 어두운 길을 가고 있습니다.

이러한 때 인생의 선물처럼 오옥섭 시인의 시집이 출간됩니다. 미화하지 않은 마음과 장식이 없는 진실한 언어를 그녀의 시에서 발견할 수 있었습니다. 시 쓰기는 마음의 깊이를 재는 일이요, 세상과 뒤섞여 살면서도 내 안에 불순물을 제거하는 자정의 언어를 캐내는 노동입니다.

첫 시집『또 하나의 추억을 만든다』출간을 축하하며, 멈추지 않는 시에 대한 열정을 가진 그녀에게 뜨거운 박수를 보냅니다.

- 홍금자 (시인, 국제펜한국본부 이사)

늘 생각 속에서만
맴돌던 시 쓰기
비밀처럼 마음 서랍에
꼭꼭 숨겨 놓고 살았습니다.

햇살 좋은 날
오래된 항아리 속
피어나는 꽃이 되어
부끄러운 얼굴로
수줍게 세상에 내보입니다.

영혼의 깊은 자리까지
시와 함께 걸어가겠습니다.

2021년 11월

오옥섭

차례

1부

마스크 속 가득 고인 말

1부

마스크 속 가득 고인 말

달빛 봄밤

백지 위를 서성이는
봄밤의 달빛

잘 스미는 홍아 꽃물
심장의 꽃 나의 시

터널 안 햇살 같은 첫사랑
영혼 속 시의 꽃물

아침 이슬

영롱하게 빛나는 이슬을
바라볼 수 있는 아침
그것만으로도 소중한
오늘을 깨닫습니다

방울방울 미소 속에
빛나는 찬란함을 보며
가벼이 투명하게
빛날 수 있음을 배웁니다

봄이 오는 길

봄날
참지 못한 찔레꽃 폭폭 터지며
향기 그윽하게 퍼지던 길

휘어진 산모퉁이 지나서
작은 냇가 징검다리 아래
송사리 떼 지어 물 주름 만들고
수시로 유년의 이야기가
보드라운 훈풍 타고 들려오던 길

눈부시게 싱그러운 미루나무
갓 난 이파리들의 살랑거림을 바라보다가
돌부리에 채어 코고무신 벗겨지던 길

별빛 달빛이 밝혀 주는 길 따라가면

초가지붕 문지방 넘어온 달빛 아래

개구리 울음 봄밤을 노래하고

작은 창호지 문틈 사이로

백합꽃 향기 스미던 거기서

처음 시詩 사랑할 때처럼

밤새워 시 쓰기 하고 싶다

침묵

봄꽃이
만발했던 날도
녹음이 꽃보다
더 짙은 날도
침묵으로 시작되는
하루는 여전하다

눈으로 인사하는 아침
휑한 거리
어제 걷던 그 길을
걸어가도 낯설고
지친 어깨만 무겁다

사람과 사람 사이

더 멀어지고

하고픈 말과

보고픈 것과

가고픈 곳이

너무 많은데

눈빛만 땅으로

떨어뜨린 채

마스크 속의

가득 고인 말들

꾹꾹 삼킨다

가을 햇살

온 산 오색의 엽서 매달고
밤송이 집
삼형제 의좋은 날
감나무 홍시 푸른 하늘 속으로
풍덩 빠지고 있다

짙푸르던 꿈 다 살라 먹은
멍석 위에 고추
온몸 발갛도록 버둥거리는 삭신
주름질 일만 남았는데

벌거벗은 땡감 부끄러움 모르고
곶감대회 출전 위해 옷걸이에 매달려
나는 다이어트 중
가을 햇빛 아낌없이 내리시는
옹골진 사랑 빛이다

능소화

담장에 치렁치렁 목을 감고
수만 개 꽃등 달아
그리움에 성을 쌓으며
한여름 내내 태양을 업고
담장 사이사이
기다림에 창을 연다

애타는 흔적
붉게 남기고
기다리다 지쳐
신열로 달아올라
함부로 쏟아지는 늦장마에
가슴 열어 식히는
능소화 그늘

다시 봄

어느새 가지마다
완연한 봄을 입고
언 땅 녹는 틈새로
연둣빛 자박자박 걸어 나온다

긴 잠에서 깨어난 자리마다
고운 물감 버무리며
햇살 당기는 소리
또 견뎌야 하는
계절 속 풍경

봄이 문 앞에 아물거려도
가슴 펴고 일어서지 못하는
시간 저편의 날들

다시

봄은 나무마다 꽃등 달고

무릎 세워 일어선다

벌들과 함께하는 아침

여왕벌이 출산하는 날이다
하루 삼천 개의 산란을 한다
일벌보다 사십 배나 길게 사는 여왕벌

왕집에서 미왕이 꿈틀대더니
얇은 막을 헤집고
세상에 나온다
옆 왕집에서도 또 한 마리
1분 차이도 안 되게
세상에 나온 귀한 미왕님들

몇 만 마리가 들어 있는
한 무리 벌통 속에서
단 한 마리만
존재할 수 있는 여왕벌
그 세상 속 세력 다툼의
치열한 전쟁이 시작된다

전쟁터 벌통 안의 세상
영역 다툼의 현장이다

지구를 떠나고 싶은 날
다시 벌들의 세상을 만났다

루아카카 비치

햇살에 반짝이는 백사장
그 곁 잉크빛 바다
명경을 보듯 투명하다

거기 은빛 모래
발자국 깊게 남기는데
앞질러 떠난
뜨거운 사랑 하나

서둘러 몸 추스르는
루아카카 비치

마음

투명하게 비울 수 있다면
좋은 생각 고운 언어만
담을 수 있다면

청결한 마음 밭에
희망의 씨앗 발아시켜
꽃 피워 향기로 흠뻑 적시는
늘 푸른 숲이 되리라

작은 나무가 만드는
그늘 한 점으로도
행복과 감사를 느끼는
정갈한 숲을 일구는
주인이면 좋겠다

맥문동

한여름 내내 꽃대 올려
송림 아래서 햇빛 동냥하며
응달의 눅눅함 견뎌 냈지

긴 꽃대 마디마디 미소 담고
맑은 청보라 융단 펴며
더운 날 인내로 피워 올린 웃음
축제의 날 위해서지

그늘 아래서도
꼿꼿하게 목 세워
억척스레 꽃 피우는 너
싸늘한 냉기 견디며
살아온 삶

해 질 녘 곧추서서

환희로 피워 내는

맥문동 꽃 무리

숲속의 아침

나무 사이로 내려온 햇살
꽃망울 톡톡 터트리고
긴 머리 뒤채며 일어서는 능선 위로
멧새 떼 푸르게 날아오른다

사는 길 높고 가파르거든 산으로 오라
곤한 몸 기댈 내 등 내어 주리니
나무는 제 가슴 열어 수만 상처 보여 주며
말없이도 말한다

높은 곳에서 운영하는 은밀한 섭리
숨 고르며 쉬며 편안한 가슴 주는 포근함

고개 갸웃거리며 주고받는 새들의 얘기
산 열어 나무 스치고 가는 바람 신선하고
그 속에 있는
나도 정갈해지고 싶은 숲속의 아침

바다

잔잔한 물길 가르며
맥박 짚어 가듯
떠가는 여객선 한 척
망망한 대해를 더듬어
섬과 섬 사이를 지나간다
유난히 바람기 맑고
잔잔한 바다

소라 해삼 보말을 따며
멀리 비앙도엔 해녀가 산다

가슴 열어 껴안는
바다의 넓은 품
사소한 일들 훌훌 털어 버리고
언제고 떠나는 한 척의 배처럼
생의 바다 거닐다
진홍빛 저녁노을을 밟자

인동꽃 향기 그윽한데

감아 오를 나무가 없으면
땅 위를 길게 벋기라도 하지

긴 줄기 세상을 휘어 감지도 못하면서
또아리 틀며
제 주변만 뱅뱅 돌고 있다

자연을 학대한 만물의 영장
부끄러움 끝이 없고
제 살로 만든 욕망의 껍질
각질 털어 내듯 몰래 벗으며
꽃향기만 따라 산에서 집으로 집에서 산으로
근처만 뱅뱅 도는 일상이다

발길 뜸해진 계절의 길목

손 뻗고 마음 뻗어도 잡아 주는 이 없는

불안한 공포 코로나바이러스

어제의 어제가 그리운데

쉽게 오지 않을 것 같은 저 봄날

벌써 유월의 산어귀에

인동꽃 향기 그윽하다

봄 강물처럼

나무들 피돌기 시작하고
햇살 지상 위에 뿌려진다

일어서는 봄의 소리
땅 위에 번지는데
아직 눈뜨지 못한
세상의 아우성

촛불이 거리를 메우고
태극 깃발 펄럭이는데
허물지 못하는 갈등의 벽
서로에게 비수가 되는 말, 말들

가슴 아린 내 겨레의 남루
치유되지 않는 부끄러움
서로의 모자람만 탓할 뿐
한 치의 양보 보이지 않고

급류에 부딪히는

사나운 물결처럼

부서지고 또 부서지고

굴곡진 계곡 흐르는 물 품듯

도란도란 잔물결로 흐르는

봄 강물처럼

우리 서로 사랑으로,

사랑으로 적셔 줄 수는 없을지

보리밭에 서서

먹고사는 일보다 더 중한 것 어디 있냐며
손바닥만 한 땅에도 남김없이 뿌려지던 보리 씨앗
시린 겨울 견뎌 내고 도란도란 어깨 기대고
일어서는 초록의 열기를 본다

파릇한 잎사귀 한 잎에도 풋풋한 냄새가 파닥이며
숨 막히게 부서지는 봄의 향내
보리밥 보리죽으로 끼니를 때워도
가난보다 게으름이 더 부끄럽다며
어머니의 꼿꼿한 삶의 정직함과 부지런함이
굴곡진 보릿고개 훌쩍 넘기셨다

순수하게 푸르른 보리밭에서 햇살에 기대어
노곤함 녹여 내는 동안 고속으로 쪼아 대는
딱따구리 소리 시간 휘몰고 앞치마 끈 조이며
허기 들키지 않으시려 애쓰시던 어머니

낫자루 손에 취고 베적삼 홍건히 적시며

긴 보리밭이랑 휘이휘이 가시던 어머니 부재

어둠을 훔치다

종일토록 토해 놓은 햇빛 흔적들이
바람에 실려 홑씨 되어 흩어진다

어둠 훔쳐 책상 앞에 불 밝히고 날카로운
갈고리 세워 포획하려 다가가는
인형을 뽑는 기계처럼 초점 맞춰
안간힘 써 봐도 허기진 영혼
밤의 틈바구니 비집으며 시간에 투정한다

들에도 있고 산에도 있고 내 가슴에도 있는 너
아직 너를 품을 수양이 안 되었는지
높고 귀한 생각을 연마하지 못했는지
어둠을 다 훔쳐도 책상 위에 하얀 여백
누군가는 문학은 절망 뒤에서
길어 올리는 희망이라 했다

더 많은 어둠을 훔쳐 한 편의 시를 위해

인내의 시간을 가져야겠다

시 쓰는 사람이 아닌

진정한 시인이 되기 위해…

어머니

어머니가 되시던 때부터
가슴에 바위 하나 품으셨습니다
자식 위한 길 열어
노를 저으실 때마다
달려와 부딪는
해일의 아픔 견디시며
태풍 몰아쳐도 꿈쩍 않으시고
속내 묻으시며
자식 인생 지키시려
고단한 기도로
망망대해 조각배처럼
외로움 혼자 삭히시던 당신

성난 파도 잠재우고

물 위를 걸으시던 그분처럼

어머니는 인고의 물이랑 넘어

짠 물에 뿌리 내리고

바위틈에 기대서서

허리 휘도록 바다 지키는

해송이셨습니다

2부

한진포구

이 가을을

이 아름다운 가을날에는
웃음 속 울음도 티가 나겠다

노랗고 빨간 잎들이
이국의 땅에 온 듯
하늘에 담겨 있다

자연의 평온한
질서 속 설렘은
이 찬란한 계절뿐

과육마다 꿀을
뚝 뚝 내고
모두가 시간이 익힌 선물이다
이 가을날

히아신스

청초하고 향기 그윽한 히아신스
이름만큼 어여쁘다
내 병든 자리 도려내는 날
꽃 피우고 향기 내고
아픈 마음 위로해 주더니
지쳤나 시들어 간다

꽃대궁 자르고 토양 바꿔
새집에 옮겼더니
다시 봉오리 맺으며
삶의 의지 보인다

이름 불러 주지 않아도
서로의 느낌만으로
존재의 의미를 깨닫는 시간
이제야 알았다
생명의 경이로움을

자귀나무 향기

빗방울 후둑후둑 자귀나무 꽃잎을 때린다

유월 꽃 잔치 시새움이다
고향에 새 터 잡던 날
황토 담 안에
순 여린 자귀나무 하나 식구로 들였다

함께 살아온 지 스무 해
홍아 물빛 배이다 만 명주실 자귀꽃
매혹적인 단내는 마당 가득하고
녹색 바람 일고 있는 하늘을 향해
빗살로 선을 긋는 우아한 자태

이파리 포개지는 저녁 내내 불 밝히고
날마다 키를 더해 창 안으로 고개 내밀어
삶의 촛불에 심지 돋우는
너의 향기 깊고 그윽하여라

지는 꽃조차 차마 떨쳐 버릴 수 없는

연연한 자연의 경이로움이여

아오라기 마운드 쿡산

- 뉴질랜드 남섬

만년설 덮인 쿡산

하늘에서 흘러내리는 듯

비단결 닮은 폭포

까마득한 절벽

운무 사이로

신의 옷자락 끄는

바람 소리

폭포는 밤도 없다

주먹만 한 별들이

빠져드는 호수

곳곳마다 말로 할 수 없는

아름다운 비경

신들의 천국이다

타고난 태생 그대로

천년을 유지하는

최고봉 마운드 쿡

청록의 물결 위로

노을 내려와

함께 출렁인다

오월

갓난아기 손가락 같은

연록의 잎새들

수줍은 몸짓

파르르 떠는 미풍 한 자락

달려가 안기고 싶은 부드러운 품

무슨 잘못에라도 용서가 많을 것 같은

인자한 오월의 빛이여

세빛둥둥섬

밤빛 품은 한강 위에
세빛둥둥섬
시간 따라 반짝이는
잔란한 꽃빛 야경 눈부시나

반포대교 교행하는 전조등
도시의 활기 북돋우고
한강의 정기 받아
광채를 내는
세상에 하나뿐인 세빛둥둥섬

너의 몸 강물에 맡긴 채
서울 소망의 심지 불 댕긴다
오늘 밤도 여전히

선한 목자교회

- 뉴질랜드 남섬

빙하가 침전된

광활한 테카포 호수 변

세상에서 제일 작은

선한 목자교회

생의 등불 되시는 이

만난 듯 경이롭다

태초 그대로 성결한 에덴

청록의 물결 위에

산골짜기 뚫고 내려와

가끔은 몸부림치는 폭포

먼바다를 꿈꾼다

오아시스 만난 삶

허락하신 분의 섭리 속

펼쳐 놓은 신의 작품 앞에서

핏속의 편지 한 줄

써 내려가며

저 자연에 물들고 싶다

처서 날 풍경

소나기가 또 지나갔다
청잣빛 하늘을 보며
징검다리 건넌다
발 헛디뎌 빠져도 좋을
깊디깊은 맑은 물

계절의 끝을 아는지
진초록 물 뚝뚝 떨어질 것 같다

등나무 덩굴 정글을 만들고
말매미 목청 그 위에 얹힌다

발걸음마다

푸른 잎 밟히고

들판을 가로지르는

풍경마다

순수가 흐르는 그곳

하늘 가득 파란 웃음

달려 나온다

우리들의 봄날

이배산 기슭 아래
배움의 집 거기
책보 허리에 매고
산모롱이 돌아 십여 리 길
푸른 꿈의 성당초등학교

세상의 빛과 소금이 되라는 가르침
아직도 귓가 맴돌고
허기진 배 채우려
아까시꽃 찔레꽃 배불리 먹던
우리들의 하굣길
우리들의 봄날

봄이 달려옵니다

비밀스레 감춰 두었던
연둣빛을 몰고
봄이 달려옵니다
여린 잎 햇살 움켜쥐고
안간힘으로
어둠 속 같은 마른 줄기에
푸른 깃발을 달아 줍니다

봄은 부끄럼처럼 붉게 물들어
지상에 찬란한 물감 흩뿌리며
이 풀잎 저 나뭇가지 위에
해맑은 웃음꽃 퍼트리며
봄은 마구 달려옵니다

사노라면

꽃길만 가고 싶은 것으로

출발하지만 어느덧

U턴도 할 수 없는

터널 속 길을 가기도 하지

사노라면

가난한 밥상이 성찬처럼

행복한 날도 있지만

눈물에 밥 말아 먹는 날도 있지

사노라면

느닷없이 지도에도 없는

인생길을 찾아 헤매이기도 하지

사노라면
세상에 간 맞추는 일도 지쳐
무슴슴한 삶에
면역이 되기도 하지

사노라면
사진기에도 잡히지 않는 세월에 중독돼
말코지에 매달았던 꿈
수평선 바라보며
노을 지는 여정의 끝 만나기도 하지

삶은 체험의 연속

3번이 호명되기를
기다리는 수술 대기실
정적이 흐른다
푸른색 환자복을 입고
휠체어에 의지해
중죄인의 자세로
3번이 불려질 때를 기다린다

오전 10시 밖이 보인다
간밤을 꼬박 새우며 몇 년형이 내려질까
중죄일까, 집행유예 아니면 경고 조치
설마 수감되는 일은 아니겠지

'당신의 그늘에 서게 하소서'

어느 사이 회복실

'고생하셨어요 정신이 드시나요'

천국과 지옥도 볼 새 없이

나를 지웠던 시산

참으로 스스로 가야 할 이 길

하나님의 나라에 드는 예행연습

생명

햇살이 데운 자리
바람이 닦아 놓은 자리마다
세상에서 가장 맑고 따뜻한 곳이다
거기
한 알 진주로 돋아나는 생명

오로지 너의 발아를 위해
된서리 설한풍 견디며
지친 날들
하늘 노랗도록
아프게 토해 내는 생명, 생명들

미역국

첫 햇살 밟고 오는 소식
"엄마 생신 축하드려요"
아름다운 당신에게
음악과 함께 전파를 타고 들려온
축하 메시지
"라 캄파넬라"

이국에서 딸이
영상으로 보내 준 미역국
왈칵 눈물이 솟는다
탯줄 잘린 터에서
고봉으로 담은 쌀밥
뚝배기 가득 미역국
모락모락 그리움과
감사의 기도 넘친다

숲속으로 가는 길

끓는 태양빛으로 물든 연초록 이파리
완연한 빛깔 되기 위해
노곤함 깊이 묻고
황사 바람 견딘다

고독이 싫어 서로 몸 부비며
진한 잎 천지에 무리 지어 피어나
마디마디 만져 주며 숨어서 성을 쌓는다

하루를 지우며 걸어오는 어둠
평화로운 숲, 거기쯤
내 안에 내가 서 있다

외로운 날 숲으로 가면
한참 동안 기대고 싶어지는
어머니같이 따뜻한 숲…

가을 하늘

먼 하늘이 연신 내게로 와
쪽빛으로 물들었다
그분의 선한 마음 닮은 청명함

슬픔이 고인 저 깊은 호수

티끌만 한 잘못도 다 드러날 듯
부끄러워 얼굴 가려 보는 두 손

내 고향 당진

보덕포구 새우젓 배
먼 바다 냄새 데려오고
그물질에 고단한 몸
달빛이 만져 주던 오섬나루

세월 속에 묻힌 채
다시 솟는 크고 넓은 마을
서해대교 당진항 희망의 심지 돋우고
화력발전소 제철소
용광로가 힘차게 불타오른다

부지런한 사람들이 모여 사는 곳
창조의 신께서 주신 옹골진 풍요로움에
문화예술이 살아 있는
생기生氣 넘치는 내 고향 당진

고운 시어들이 강물처럼 흐르고

희망의 꽃등 꺼지지 않는

행복한 도시 해나루 당진이여

한진포구

여기서는 바다와 태양이
입맞춤한다
부끄러워 붉게 물들어 가는
포구의 일출

아침 바다 채우는
넉넉한 햇살
파도 따라 밀려가는
시간 위로
갈매기 먹이 찾아
부지런하고
설깬 포구는 갯바람에
투정한다

저기 굽은 등 일으켜

닻줄 푸는 어부

창파로 노 젓는

손 재촉하고

해나루 황금 들판

저 오랜 자연의 섭리

신의 축복이다

만추

청잣빛 하늘 구름 한 조각
날마다 야위는 나뭇잎
적막의 포로가 되는 것
모두 안타까운 눈물입니다

산등성 서성이다
구절초 흔드는 가을아
어제는 은행잎
오늘은 감국
또 내일이 두려운
네 발자국 소리에
가슴 저미는 만추

보이는 모두가
그리움 아닌 것이 없는
지나는 계절의 넋

3부

그리움의 공복

가을 그리고 마로니에

주소 없는 편지 받은 것처럼
텅 빈 마음으로 벤치에 앉는다

초록에 지쳐 기진한 나무들
마른 잎 떨구고
궤도를 잃어버린
계절 타는 몸살 여전하다

영혼을 울리던 봄날 이야기
시리도록 그리운 날

약속처럼 생의 안쪽 보듬고
허무의 저녁 태우는 노을
초췌한 나뭇잎 덮어 주는
가을 그리고 마로니에

의지 가지

서로 등대 되어 걸어온 먼 길
한 발짝 또 한 발짝 속도 맞추며
무거움도 가볍게 맞들고
미운 정 고운 정 버무려
삶의 한 축 곧추세우며
인내의 기도로 서로를
감싸 주는 의지 가지

때로는 현란하게
때로는 고독하게
서로의 안식처가 되어 주는

서녘 해 뉘엿뉘엿 저무는 날
이불깃 당겨 여며 주고 다독이며
그저 바라볼 수 있는
항구와 선박 같은 의지 가지

봄길 걸으며

어두웠던 겨울 그림자 사라지고
목련 꽃망울
산고의 통증으로 부대낀다

계절의 모태 속에서 꿈틀거리는
새봄 실눈 비비고
내 그림자와 걷고 있는 숲길에는
흙냄새 풀 냄새 풍기며
덤불 속 연둣빛 세상을 이룬다

둔덕에 숨어 사랑하다 들켜 버린
장끼와 까투리 놀란 목소리
산을 깨우며 날아가고
바람 진달래 꽃망울 재촉하며 지나간다

봄을 나누고 싶은 그리움 가득한 날

모두를 품어 주는 자연 앞에 하소연하며

또다시 바라만 봐야 하는 낯선 경계에서

헐렁해진 마스크를 다시 여미고

봄을 걷는다

내가 본 첫눈 오던 날

지난해 12월
비행기가 데려다 논 하늘 아래
한여름 날씨 속 신비한 경치에 취해 시간을 잊었다

벌써 한 달 여름과 겨울을 넘나들며
제자리에 돌아온 오늘
첫눈이 사랑처럼 내린다

"눈이다" 소리 지르고 싶은 순간
20분 전 손주가 태어났다는
천사의 목소리
태명 기쁨이
열두 살 누나의 동생으로 세상에 나오셨다

온 세상 봄꽃이 환하게 피어났다

생의 한 부분의 기억 밭에서

활짝 피어날 사랑의 나무

이 천 십 칠 년 일 월 삼 십 일

내가 본 첫눈 오던 날

자연은 시

달빛 받아 물고
눈부셨던 목련
이제 이별의 손 흔든다
거기 개구리 울음 자지러진다

이별이 떠난 빈자리
왕거미 집 넓히기 온 밤을 다 쓴다
우주의 숨소리 더욱 빨라지고
하현달 떠밀고 별빛 안은 연못
춤추는 물방개 세상이다

자연 모두가 시
너를 향해 말 걸고
장엄한 생명으로
또 다른 새벽을 만난다

잎새이고 싶다

봄이면 나뭇가지에
솟아나는 잎새이고 싶다

가지마다 맺혀 있는
연초록 언어들
구순히 바람에 흔들리며
푸르디푸른 깃발 달고
단숨에 푸른 생명을 낳는다

봄이면 돋아 펼치는
아침의 노래
한 생애 잎새 하나이고 싶다

지금

대지의 역병 신음 소리
빨간 신호등 꺼질 줄 모른다

비대면 고요한 아침에
하늘 지나는 구름과
문 앞 지나는 바람 불러
아침 인사 건넨다

너의 슬픈 무기
이제 지구를 떠나라

우리는 지금
빈 메가폰 들고
서럽게 울고 있다

시詩에게
- H 선생님께

자귀나무 꽃그늘로 걸어오시던 날
어설픈 몸짓을 쓰다듬어 주시며
글 쓰는 험한 길 외롭지 않도록
동행의 길 선뜻 열어 주셨다

생의 한 귀퉁이에 서서
서성거리던 꿈을 키워 주신 당신

가뭄 들어 메말라 가는 글밭에
마중물 부어 주신 당신

여전히 방향 잃은 시어들
아직도 멀고 긴 시의 길 이끌며
손잡아 주신 따뜻한 온기
빈 곳 채워 가며
시의 밭 가꾸어 나가리

그리움의 공복

봄부터 겨울까지 삼백예순다섯 날
대못 위에 걸려
달 차면 갈잎처럼
구겨져 내리더니
달랑 한 장 남겨진 시간
서운치도 않은지
문풍지처럼 팔랑거린다

사방이 냉기 먹은 세상 끝점

모든 것 지나가면
그리움만 남는다

늙음도 쇠함도 그리고 쉼 없이

돌아가는 지구의 괴력

저무는 한날 어둠 속에

허무란 것들이 자꾸

꾸역꾸역 모여든다

도지는 계절병

그리움의 공복

벽에 걸린 시간 외롭다

성탄 전야

도척골 청산 자락에
세 평 남짓 작은 교회
초가지붕 나무 십자가
어둔 마음 밝혀 주고
초롱 등불 아래
가마니 깔고 언 손 모아질 때
임하시던 나의 예수님

어머니 흰 앞치마
둘러 뒤로 내리고
아기 예수 찬미할 때

가장 낮고 남루한 곳에
오셨던 당신

욕심으로 누더기 진

어두운 이 땅에

이 밤도 오시는지요

밤새운 기다림에

옥양목 버선 속

콩강정 담아 주던

산타가 그리워지는 성탄 전야

12월에 엽서

마지막 잎새처럼 달력 한 장
달랑 벽에 걸렸습니다
모두 떠나보내고
혼자 남은 십이월

외로운 지상의 슬픔이다

한 치의 건너뜀도 없이
질주하는 시간 속에 견디어 낸 날들
다시 읽고 싶지 않은
고달팠던 페이지를 덮어 놓고
새날 앞에 이루지 못한 소망
주문해 놓았다

마지막 달의 설레는 행운의 표 한 장

마음 갈피에 꽂아 놓고

새날의 행선지를 기대하며

꿈을 꾸어 보고 있다

늘 이맘때면

고마운 인연들 다시 확인해 본다

생의 남은 시간 기꺼이

작은 마음 일으켜 세워

12월에 엽서를 띄운다

또 하나의 추억을 만든다

외로움 한껏 스미는 날
오래 묵은 인연들 만나
발길 멈춘 곳 청평호수
바람은 물 주름 그 위에
옹이 진 가슴 씻어 내린다

동화 속 그림처럼 아늑한 강변
일상의 탈출 곡절 많은 얘기들
새벽이 올 때까지 밤을 새운다

새벽 강물 위에
스멀스멀 안개 일어서고
서로를 다독이는 우정 앞에
밤을 잊은 먼 기억 속
또 하나의 추억을 만든다

사랑하는 사람을 그리며

하얀 건반 위
"쇼팽의 녹턴"
가슴 찡하게 다가오는 영상의 네 모습

태몽의 잉어 한 마리
치마폭 안기던 그 순간부터
엄마와 딸이란 이름

"생일 축하한다"

오직 믿음으로 굳게 서
어떤 폭풍우 앞에서도 까딱 않을
선한 하나님의 딸이 되길
언제나 기도하며
사랑하는 사람을 그리며 연주에
보고픈 마음 기대 본다

주님 곁에서

생사화복이 당신의 뜻에 있어
무작정 첫걸음이 시작되었습니다

앞이 캄캄할 때 불 밝혀 주시고
서툰 기도 응답하시는 사랑
눈물겨운 은혜입니다

자만과 교만으로는
당신의 그늘에 들어섬을
허용치 않는 이시여
허물 많은 영혼
무릎 꿇어 엎드리게 하소서
향기로운 향유도 준비 못한 종이오나
매일 시들어 가는 뇌세포 속에서도
당신을 향한 마음
시들지 않게 도우소서

세월에 밀려 굽이굽이 흐를지라도

주님 곁이게 하소서

주께로 더 가까이 가기를

간절히 원하나이다, 아멘

아미산 노송

생명의 씨앗 던져진 그대로
바람 잘 날 없는 산등성이에
뿌리 내렸다

거친 파도처럼 부딪는 바람
껴안다 지쳐
흉터뿐인 마디마디
치열하게 지켜 낸 삶의 흔적
아름다운 이력인 양
교단 위에 스승처럼 서 있다

이적지 편안하지 못했던 삶
말 없는 큰 바위
넓은 등에 기대라 한다

솔가지 끝에 쉬는 노을

살빛 바래도록 버티고

서 있는 노송의 철학

어머니 기도

눈 훑고 가는 바람
뒤란 장독대 소반 위에
촛불 흔들고 갑니다

정갈한 옥양목 치맛자락에
늘 기도하시던 당신의 모습

지금도
숨소리마저 잠든 밤
당신을 그립니다

오월이 되면

일평생 자식 위해
풍로가 되신 사랑
큰 불씨로 살아 있습니다
부모가 자식을
효자로 만드는 법이라며
'우리 효녀, 효자'라 부르시던 당신

살붙이 여덟 남매
일깨우며 다독이시다
허리 굽은 어머니

오월이면 어머니 닮은
서러움의 흰 꽃 한 아름
가슴 저미며 저미며
불효의 눈물로 바칩니다

당귀밭 그리고 아버지

유월 정수박 꽂히는 햇살이 분주하다
천지는 진록 바다다
텃밭에 모종한 상추
납작 누워 있는 당귀 이파리
햇빛 지렛대 삼아 키를 곧추세운다

코끝에 진하게 와 닿는 당귀 향
아버지 손길 따라 커 가던 약초들
짚풀에 엮어 달던 당귀 뿌리
단맛 빼먹으며 허기 채워 보던 어린 시절

땅거미 영역 늘려 가도
약초밭에 살던 아버지
자식들 치다꺼리 힘겨워
하늘길 서두르신 당신

바지게 처지도록 등짐 지시고

걸어오시는 아버지 그림자

그리움 되어 피어나는

먼 기억 속의 풍경 하나

4부

그대 강물처럼

민들레

옹색한 길가
돌 틈 사이로 터를 잡고
오가는 발끝마다
마구 짓밟혀도
개의치 않는다
상처 진 곳 서러워 않고
분명 너는 노랗게 웃고 있다

민들레
너는 우주 어디쯤의 태생이냐

매일 오가는
긴 견딤의 길 위에서
너그러움의 생각이 커
홀씨 날리며
너는 사랑을 익혀 간다

눈 오는 날

눈이 내린다
순백의 산야가 눈부시다

들끓던 삶 속에서
깊어진 심장의
울음도 사라지고
아름다운 설경 위로
유년이 뒹군다

그리움 눈처럼 쌓여 가는
눈 오는 풍경 하나

내 고향

청천내 큰 바위 옆 왕소나무
발아래 파랗게 깊은 물길
더 이상 발을 떼지 못했다

겁 없는 철부지들
깨벗고 헤엄치던 거기
지금도 안녕한지

낮 꿈처럼 지나 버린 시간들
흐릿한 기억 한 조각
퍼즐처럼 맞춰 보며
유년의 추억을 더듬어 본다

낙화암

백마강 저녁나절 산 그림자 서서히 내려오고 겨울
끝자락 밟고 오는 고란사 고즈넉하다 백마강 바위
에 다리 걸쳐 놓고 몸 기댄 소나무 한 그루 강물에
시선 떨구고 역사 속 삼천 궁녀 몸 던진 낙화암 노을
에 젖어 간다

원효대사 첫걸음 닿은 고란초 자취 없고 백제의 여
인들 슬픈 한 강물에 젖어 내리는데 고란사 풍경 소
리 멀리서 부르는 목울대

꽃들의 심장

베란다 난간 옆 얼마나 아파
붉은 꽃무릇 저렇게 피었을까
아프게 고인 눈물의 알갱이

폭풍과 비바람에 찢겨
오직 꽃 하나 피우겠다는 일념
빠알간 꽃의 심장으로
모질게 피었다

받쳐 줄 잎 하나 없이
오롯이 피워 대는
슬픔 같은 외로움이
낯선 이방인처럼 서럽다

그리움의 멀미

새벽을 달려왔다

소쩍새 울음 목이 쉬도록 두 해를 울어 대도 무법자
코로나 떠나지 않고 지난 추억의 그리움만 고여 젖
고 있다 무엇으로도 채울 수 없는 잦은 뒤척임의 밤
이제 맥이 풀리고 어지럼증은 더욱 심해져 한생이
그대로 흐른다 이제 더 이상의 기다림은 없다 그리
움의 멀미 중

나무 생각

완벽한 자유를 꿈꾸는
영롱한 무지개
노을에 깊게 물들고 있다

고독의 그 자리에 뿌리를 내렸다
누구도 보지 않는 그곳에 뼛속까지
단단히 목숨을 묻고 싶었다
벵골만의 태풍이 와도 그냥 무지개 안고
꿈꿀 수 있는 세상을 살아가고 싶다

그대 강물처럼

한 치의 거리낌 없이 흘러오는 그대여
아래로 아래로 더 낮아지기 위해
스스로 제 몸 깎으며
계절마다 만나는 모든 인연 여의고도
슬픈 내색조차 보이지 않는 그대여
나 그대 강물처럼 흐르리

마실 가고 싶은 날

송홧가루 사방에 날리고
보리 싹 푸르게 일어서면
아버지 안마당 샘물 퍼 올려
벼 씨앗 담그시던 거기

사정없이 쏟아지던 폭우 그치고
저녁노을 곱게 물드는 날
눅눅한 마당에 밀집 방석 펴고
쑥대궁 모깃불에 재채기하며
문종이 부채로
여름밤 식혀 주던 어머니

외할머니 그리워 은하수 바라보며
구슬프게 반달 노래 부르시던 마당
하얀 쪽배 서쪽 나라 가기도 전
잠들었던 여름밤
내 생애 마지막 호사였던 요람

가을빛에 열매들 토실해지고

달빛 아래 추석 준비 새벽이슬 내리고

땡감 담은 항아리 아랫목 차지하며

떫은맛 가난도 함께 우려시던 곳

시린 바람 문틈으로 새어들면

어머니 화롯불 옆에서

목화씨 빼내기 손톱 다 닳고

살얼음 뜬 동치미에

찐 고구마 호호 불며 먹던 그곳

둥지 튼 흔적 위에 진한 젖 내음

햇살 같은 사랑이 묻어 있는 거기

싸늘한 가슴 시리게 하는 날

유산으로 받은 그리움 한 짐 지고

그곳으로 마실 가서

하나도 남김없이 펼쳐 놓고 싶다

고향은

마음이 먼저 달려가는 곳
청산 모롱이 돌아
작은 내 징검다리 건너서면
산자락 병풍처럼 두른
이름 고운 동산마을

동네 어귀에
일백 년 전설로
소나무 지키는 개구리봉
조상 대대 밟아 다져진 땅

거기 흙빛 그대로
주름이 철길처럼 솟은
어머니의 손등
맵산골 도랑에 가재잡이
해 저물던 기억 속 편린들

굴뚝 연기 몸 풀어 하늘 오르고

긴 산 그림자 내려앉은 언저리에

노을에 흠뻑 젖은 내가 있다

가을 노래

풀벌레 울음에
밤새우던 숲이 고요하다
나뭇잎 내려앉는 이 계절
사그라드는 영육의 허무만을 본다

밤낮 모르던 장맛비에
목청 높여 노래하던
매미들 떠난 지 오래

역병의 창궐에 갇힌 사람들
풀벌레 음악회에 위로를 받는다

스스로 뚫어야 하는 운명처럼
텅 빈 공간 빈 무대 채우고 싶은
목마른 기도의 삶, 삶

머잖아 우리에게도 맘껏 가을 노래

부를 수 있는 날 기다리며

성산포 일출

자욱한 해무 속 일출봉 오른다
오를수록 해무와 운무가 나를 가둔다
파도 밀고 온 해풍은 안개와 함께
길 더듬이를 만든다

일출이 아름다운 성산봉
심호흡 빠르게 오르고 올라
정상에서 희미하게 우도를 본다
안개에 가려진 일출
은빛으로 물드는 성산포구

그리움이 만난 설렘
안개 속에 새벽을 달려 만난 그대
여명이 드러나는 봉우리 장관이다
저 끝없는 빛 위에 빛
맑고 깨끗한 얼굴로 손 흔든다

혜화동 카페

비좁은 계단 오르면
한쪽 벽을 차지한
LP판 60년 세월이 녹아 있다

황량함이 파고드는 도심 속에
오래된 음악 찻집
고풍의 분위기 지난날
문학인의 발자취 향기로 남아 있고
커피 대신 레몬 향

그곳에 내가 마냥 좋다

꽃밭에서

들국화 접시꽃 분홍 봉선화
흰 눈 닮은 꽃들이 모였다
꽃대 긴 목 늘이며 피었다

세상 시간에 맞춰 피워 낸
장한 목숨들
보는 이 없어도
혼자서 계절의 순환 알아내
피워 낸 꽃들이 너무나 기특해
울컥 눈물 쏟는 오후의 꽃밭

정동진

오직 새 빛 발하기 위해

구름 휘장 걷고

우주에서 제일 큰 미소

찬란한 빛으로 오시는 이여

눈부셔 바라볼 수 없는

절대지존의 발걸음으로

당당히 수평선 위

새날의 희망 건네는 황홀함

새벽을 깨워

그대를 맞는 민초들

간절한 소망 풀어 풀어

새날 새 빛으로 이 아침 밝히소서

먹이사슬

주방 창문 밖
고운 옷 입은 거미를 본다
거미는 밤도 없이 집을 늘리고
덫에 걸린 벌레들
자고 새면 거미의 양식이 된다

추녀 끝 모두 점령한 그는
식구 늘려 오붓한데
어느 한날
먹잇감 노리던 굴뚝새
하룻밤 공격에
빈집만 바람에 흔들린다
허무도 함께 출렁인다

그리움의 샘

긴 메아리의 꼬리를 비늘처럼 흔들고 지나가는
여객기 그리움 지치기 전에 만날 수 있겠지

거리 두기 4단계 코로나의 델타변이
기약 없는 너와의 만남은 더 멀어지고
다시 열어질 길을 기다리며
손을 모은다

가슴에 다시 피는 멍울 꽃
차오르는 그리움
연어처럼 새처럼 상상의 나래뿐

가혹한 현실
보고 싶은 딸
그리움의 샘

섣달 그믐밤

문풍지 틈새 바람
등잔불 춤추고
화로 위 인두
제 몸 빠알갛게 달궜다
식솔들 설빔 바느질
어머니 손끝에서 고운 빛 더한다

바느질 재촉하며
문지방 넘나들던
철없던 시절
어머니 허기진 위로
내리는 서늘한 밤공기

손 지문 패이도록
그믐밤 지새우며
홈질하고 다듬어
한 땀 한 땀 가난을 기워
자식 사랑 수놓으시던 어머니

몇 밤을 새워도 끝나지 않을 바느질

우렁 각시 품었는지

그믐 한밤 자고 나면 안방 윗목에

두루마기 솜바지 포플린 치마

숯불 다림질까지

차곡차곡 쌓아 놓으시고

하나씩 입히고 매만지며

당신 꿈 익어 가던

긴 동지섣달 그믐밤

그 뜨겁던 사랑 깊어

온기 짙게 흐르는데

지나는 세월 속 여정에

그리움 가득 고이는

어머니 부재

섣달 그믐밤 풍경

꽃물이 직조하는 순수의 시세계

오옥섭 시집詩集 『또 하나의 추억을 만든다』 중심으로

신익선 | 시인 · 문학평론가 · 문학박사

1. 햇살의 힘

오옥섭은 당진에서 태어나고 자라나 당진에서 살아가는 고주배기 당진 시인이다. 오옥섭의 첫 시집 시편 전부를 읽고 난 이후에 시적 이미지는 가을날에 마당에서 햇살 받으며 펄럭이는 천연 염색된 천이다. 그 천 조각들의 햇살이다. 오옥섭의 시편에서 읽히는 면모는 오래도록 숨죽여 살다가 처음 바깥출입을 하는 순수의 얼굴빛이 보인다. 어딘가 수줍은 행색이다. 그러나 진지하다. 진솔하다.

전체 시편이 선보이는 시어의 내연內延들은 맑고 밝은 햇살을 품는다. 한 단어나 시어가 단일한 의미를 표시할 뿐만 아니라, 그 쓰인 문맥상으로 보아 동시에 다른 여러 뜻을 암시·내포·함축할 때를 표현하는 내연이 햇살을 품는다는 말, 이런 말은 그만큼 오옥섭의 시 세계가 성결하다는 점을 현시한다. 성결이라는 단어는 아무렇게 아무에게나 쓰는 말이 아니다. 흔히 종교에서 회자되지만 무섭고 고귀한 말이다. 존귀한 단 한 사람에게만 쓸 수 있는 말이다.

첫 시집이면서도 지금까지의 삶의 여정이 적나라하게 담긴 오옥섭은 이번 시집에 수록된 전체 시편의 느낌이 그에 해당한다. 진지한 마음을 간직하며 살아온 훈기와 노력이 있어서인가. 시편이 따스하다. 온기의 부름에서인가.

맨 먼저 줄기차게 '햇살'을 시편에 펼쳐 놓는다. 봄, 여름, 가을, 겨울이건 관계없다. 일구월심日久月深이다. 오옥섭의 햇살은 오옥섭의 심혼을 채우는 주요 물상이다. 만물을 키우고 만물을 생동케 하는 햇살이라는 미의식의 울타리마다 줄기차게 자연 염색으로 자연스럽고 친근하게 채색되어 감을 읽을 수 있다. 서두르지 않는다. 크게 드러내려는 욕망도 보이지 않는다. 그윽하고 고요하다. 고요히 날이 가고 달이 가도 변할 수 없는 자연 채색으로 우울하고 건조한 일상을 신선하게 바꿔 가고 있다. 우선 햇살들로 빚어진 시편들을 보자.

나무 사이로 내려온 햇살

꽃망울 톡톡 터트리고

긴 머리 뒤채며 일어서는 능선 위로

멧새 떼 푸르게 날아오른다

사는 길 높고 가파르거든 산으로 오라

곤한 몸 기댈 내 등 내어 주리니

나무는 제 가슴 열어 수만 상처 보여 주며

말없이도 말한다

높은 곳에서 운영하는 은밀한 섭리

숨 고르며 쉬며 편안한 가슴 주는 포근함

고개 갸웃거리며 주고받는 새들의 얘기

산 열어 나무 스치고 가는 바람 신선하고

그 속에 있는

나도 정갈해지고 싶은 숲속의 아침

_「숲속의 아침」 전문

비밀스레 감춰 두었던

연둣빛을 몰고

봄이 달려옵니다

어린 잎 햇살 움켜쥐고

안간힘으로

어둠 속 같은 마른 줄기에

푸른 깃발을 달아 줍니다

　　　　　　　　　　　_「봄이 달려옵니다」 일부

갓난아기 손가락 같은

연록의 잎새들

수줍은 몸짓

파르르 떠는 미풍 한 자락

달려가 안기고 싶은 부드러운 품

무슨 잘못에라도 용서가 많을 것 같은

인자한 오월의 빛이여

　　　　　　　　　　　　　_「오월」 전문

125

"눈이다" 소리 지르고 싶은 순간

20분 전 손주가 태어났다는

천사의 목소리

태명 기쁨이

열두 살 누나의 동생으로 세상에 나오셨다

_「내가 본 첫눈 오던 날」 일부

먼저, 「숲속의 아침」 시편이 내포하는 이미지는 한마디로 생기生氣다. 생동감이다. 봄이 오는 형상을 표현한 목숨의 역동적인 모습이 그려져 있다. '나무 사이로 내려온 햇살 / 꽃망울 톡톡 터트린'에서의 주어는 '햇살'이지만 실제로는 '꽃망울 톡톡 터트린'이다. 숲속 햇살도 봄 햇살이다. 겨울을 버텨 낸 햇살이다. 겨울을 건너온 햇살이기에 영험하다. 봄을 기다린 나무들도 용하긴 마찬가지다. 서로서로 극한 추위를 이겨 냈다. 그리고 마침내 봄 햇살로 인하여 '꽃망울 톡톡 터트린' 지경에 이른 것이다. 신명 난 것이다.

그렇기에 '긴 머리 뒤채며 일어서는 능선 위로 / 멧새 떼 푸르게 날아오'르는 것이다. 날아오른다는 것은 힘이 있다는 함유다. 미지의 세계로의 진입을 의미한다. 날아가면서 새들은 나무의 말을 듣는다. 나무의 말이 2연이다. 멧새 떼는 '사는 길 높고 가파르거든 산으로 오라 / 곤한 몸 기댈 내 등 내어 주리니'라는 나무의 말을 듣는 것이다.

나무의 말이라니 무슨 말인가. 권태 섞인 단어이지만 삶은 늘 가파른 산등성이를 오르는 일이다. 노곤하다. 몸 기대어 쉴 곳이 흔하지 않다. 그때다. 멧새 떼에게 숲속의 나무가 말을 한다. '등' 내어 주겠다고 한다. 이 시행은 기실 오옥섭의 심정을 화자가 전해 주는 전언이다.

시적 화자는 또 '고개 갸웃거리며 주고받는 새들의 얘기 / 산 열어 나무 스치고 가는 바람 신선'함을 듣는다. 새들의 이야기를 듣고 나무들의 대화를 듣는다는 것은 그만큼 오옥섭의 동심이 곱고 청아함을 나타내는 반증이다. 그러고는 마침내 '그 속에 있는 / 나도 정갈해지고 싶은 숲속의 아침'을 대미로 장식한다.

시를 잘 쓰고 못 쓰고의 분석은 난센스이거나 사소한 에피소드에 지나지 않는다. 시시비비를 가릴 수 없이 지구상에는 시편들이 수없이 많다. 그러나 이 시편만큼 정결한 울림을 주는 시편도 드물다. 분위기가 사뭇 다른 시편이다. 한없이 순수하고 여린 아침 숲속의 정경에서 순수를 읽게 한다. 오옥섭의 여리고 따스한 마음 씀씀이를 에둘러 표현한 막 달려오고 있는 '봄'이 있어서일 것이다.

「봄이 달려옵니다」 시편에서 봄, 봄은 그래서 '달려오는' 존재로 인식된다. '달려옴'은 반가움의 표식이다. 새롭고 신선한 감각적 표현이 '어린 잎 햇살 움켜쥐고'이다. 연한 '어린 잎'이 '햇살'을 움켜쥐고 있어 '봄'이 온다고 보는 것이다. 봄의 형색이란, '비밀스레 감춰 두었던 / 연둣빛을 몰고 / 봄이 달려'오는 것이다.

'연둣빛'은 부드럽고 연한 새싹 형상이다. 새싹은 인류가 가슴 속에 품어온 원형 상징의 모든 것이다. 새싹으로부터 고목이 형성한다. 고대광실高大廣室도 어린 새싹으로 출발한 조형물이다. 세상에서도 노인이 고목이라면 어린 아기는 새봄 새싹이다. 아기가 주는 웃음과 그 목소리들은 천상천하에서 어떤 대상과의 비유나 비교가 불가한 신비 그 자체이듯이 봄의 새싹은 신비다.

이 시편과 유사한 신비는 손자 탄생의 기쁨을 적은 「내가 본 첫눈 오던 날」에 적시된 "눈이다" 소리 지르고 싶은 순간 / 20분 전 손주가 태어났다는 / 천사의 목소리 / 태명 기쁨이 / 열두 살 누나의 동생으로 세상에 나오셨다'이다. 이 시편 역시 마찬가지다. 첫눈을 보는 환호성보다도 더더욱 손자 탄생의 희열이 크다는 것이다. 가시투성이 장미를 심는 것은 장미꽃의 아름다움과 그 향기 때문이듯 상처투성이 삶을 살아가는 일은 향기로운 새싹인 아기들을 만나는 일일 것이다. 손자손녀가 주는 무한한 기쁨은 형용치 못할 설렘을 선물한다.

「오월」 시편 또한, '갓난아기 손가락 같은 / 연록의 잎새들' 은 '아기 손가락'을 비유하여 오월을 그린 작품이다. 군더더기 없이 잘 마무리된 좋은 시편이다. 시적 화자가 추구하는 시의 세계의 면모는 '갓난아기'의 순수함이다. 순수 무후한 얼굴이다. 진정일 것이다. '파르르 떠는 미풍 한 자락 / 달려가 안기고 싶은 부드러운 품/무슨 잘못에라도 용서가 많을 것 같은 / 인자한 오월의 빛'이란 시행들은 오옥섭의 시 문학적 개성이 자연 그대로 묻어 나오는 구절이다.

갑자기 마음이 포근해진다. '무슨 잘못에라도 용서가 많을 것 같은' 시행은 그야말로 꾸밈없이 수수하게 살아가는 시적 화자의 소박한 표현이자 꾸밈없이 수수한 모습으로 읽힌다. 더하여 「오월」 시편의 맥락은 새 생명의 은유이기도 하다. 오월은 온갖 생물이 둥지를 꾸려 생명을 탄생시키는 달 아닌가. 오옥섭의 첫 시집은 이 '생명'들로 충만하다. 한두 편의 시편을 더 살피자.

봄이면 나뭇가지에
솟아나는 잎새이고 싶다

가지마다 맺혀 있는
연초록 언어들

구순히 바람에 흔들리며

푸르디푸른 깃발 달고

단숨에 푸른 생명을 낳는다

봄이면 돋아 펼치는

아침의 노래

한 생애 잎새 하나이고 싶다

_「잎새이고 싶다」전문

햇살이 데운 자리

바람이 닦아 놓은 자리마다

세상에서 가장 맑고 따뜻한 곳이다

거기

한 알 진주로 돋아나는 생명

오로지 너의 발아를 위해

된서리 설한풍 견디며

지친 날들

하늘 노랗도록

아프게 토해 내는 생명, 생명들

_「생명」전문

'나무 사이 내려온 햇살', '연둣빛 봄'과 '오월'은 결국 '생명'을 노래한다. 생명은 고요히 생성되는 것이 아니라 변화의 실체 였다. 베르크손이 그의 말년 무렵의 대작인『창조적 진화』에 서 적시한 운동이다. 베르크손에 따르면 생명 일반은 운동 자 체이다. 생명의 본질은 운동 속에 있다고 한다(앙리 베르크손, 『물질과 기억』 박종원 역, 아카넷, 2009, 323쪽). 그것도 내부적으로 전개되는 격렬한 운동이다.

오옥섭은 이 '햇살'을 생명 운동의 하나로 마음 구석구석에 풀어놓길 즐긴다. 위에 예시한 시편 외에도 '나무들 피돌기 시작하고 / 햇살 지상 위에 뿌려진다 // 일어서는 봄의 소리 / 땅 위에 번지는데 / 아직 눈 뜨지 못한 / 세상의 아우성('봄 강 물처럼」 일부)' 등등의 시편이 있다. 햇살은 겨울 벌판을 건너와 이 땅에 봄을 내는 힘이다. 오옥섭의 햇살 제시는 결국 '봄'을 생성하여 '생명'을 낳기 위한 전주곡이라 볼 수 있다.

2. 달빛의 길

'햇살'이 아침의 풍경이자 낮, 한낮의 이야기 전개라면 '달 빛'은 어두컴컴한 밤의 이야기다. 사람은 누구나 공통으로 아 침나절의 그 풋풋한 시기가 있는 반면에 밤의 그 고단한 시기 가 있다. 밤의 이야기들, 아프고 시린 이야기들, 늦깎이 시인으로 등단한 지 십여 년 만에 역시 늦깎이 시집을 발간하는 오옥섭 시인이라고 왜 없었겠는가.

흔히 살아온 생애를 묶어 놓으면 장편소설이 된다는 말은 누구에게도 예외는 없으리라. '사노라면'으로 시작되는 오옥섭의 시편에서, '눈물에 밥 말아 먹는'을 썼다. 아픔이라는 시어를 직접 거명한 것은 아니지만 무한한 슬픔의 터널을 도과하였음의 간접적인 토설이 아닐 수 없다. 시편을 보자.

꽃길만 가고 싶은 것으로
출발하지만 어느덧
유턴도 할 수 없는
터널 속 길을 가기도 하지

사노라면
가난한 밥상이 성찬처럼
행복한 날도 있지만
눈물에 밥 말아 먹는 날도 있지

사노라면
느닷없이 지도에도 없는

인생길을 찾아 헤매이기도 하지

사노라면
세상에 간 맞추는 일도 지쳐
무슴슴한 삶에
면역이 되기도 하지

사노라면
사진기에도 잡히지 않는 세월에 중독돼
말코지에 매달았던 꿈
수평선 바라보며
노을 지는 여정의 끝 만나기도 하지

_「사노라면」 전문

    어떠한 해설이나 독해가 무용한 시편이다. 일독하는 것만
으로 충분히 전모가 드러나기 때문이다. 보자기로 덮어 놔서
모르는 것이지, 실제로는 이미 무수한 산전수전을 다 겪어 봤
다는 시편이다. 물론 비단보자기고 무명보자기고 보자기 낱
말은 없다. 그러나 보자기 안에는 쌈지와 바늘, 골무를 비롯
하여 눈물도 가득 들어 있다는 말이다.

사노라면, '유턴도 할 수 없는 / 터널 속 길을 가기도' 하는 것이다. 사노라면, '가난한 밥상이 성찬처럼 / 행복한 날도 있지만/눈물에 밥 말아 먹는 날도' 있는 것이다. 사노라면, '세상에 간 맞추는 일도 지쳐 / 무슴슴한 삶에 / 면역이 되기도' 하는 것이다. 사노라면, '사진기에도 잡히지 않는 세월에 중독돼 / 말코지에 매달았던 꿈 / 수평선 바라보며 / 노을 지는 여정의 끝 만나기도' 하는 것이다. '말코지'. 이 시편에서 유년의 추억을 자아내는 시어는 '말코지'다. 아마 이 말뜻은 작금의 학생들은 모를 것이다. 사장된 순우리말이기 때문이다.

이 밖에도 요즘 학생들은 '바지개', '도린곁' 등등 무수한 순우리말 등도 모른다. '말코지'는 물건을 걸기 위하여 벽 따위에 달아 두는 나무 갈고리. 흔히 가지가 여러 개 돋친 나무를 짤막하게 잘라 다듬어서 노끈으로 달아맨 것을 말한다. 나무 갈고리가 아니면 그냥 벽에 대못을 박아 옷가지를 걸어 두던 물상을 말한다. 초가지붕 아래 옹기종기 모여 화롯불에 언 손 녹이며 여느 옷가지를 던지듯 걸어 놓곤 하던 그 유정한 단어, '말코지'는 참 오랜만에 활자로 읽는 신선한 시어다.

이런 시편은 오옥섭 시인의 연륜을 말해 주는 단면이기도 하다. 보릿고개의 저 험난하고 고단한 한 시대의 강물을 죽기살기로 헤엄쳐 왔다는 내면의 증언이다. 해맑은 웃음 뒤에는 어둡고 칙칙한 어둠이 있었음을 알 수 있는 데 핵심이 있다.

바로 밤의 불꽃인 '달빛'을 초청하였다는 점이다.

    백지 위를 서성이는

    봄밤의 달빛

    잘 스미는 홍아 꽃물

    심장의 꽃 나의 시

    터널 안 햇살 같은 첫사랑

    영혼 속 시의 꽃물

                              _「달빛 봄밤」 전문

    별빛 달빛이 밝혀 주는 길 따라가면

    초가지붕 문지방 넘어온 달빛 아래

    개구리 울음 봄밤을 노래하고

    작은 창호지 문틈 사이로

    백합꽃 향기 스미던 거기서

    처음 시詩 사랑할 때처럼

    밤새워 시 쓰기 하고 싶다

                              _「봄이 오는 길」 일부

'달빛'은 일종의 환상이다. 초승달에서 상현달 보름달을 거쳐 하현달 그믐달로 달이 순환하는 기간 내내 밤하늘과 바닷물은 달의 음성을 놓치지 않는다. 달이 부르는 무언의 힘을 달의 인력引力이라 한다. 달이 끌어당기는 힘이다. 달이 삭朔(초하루를 뜻함) 또는 망望(보름을 뜻함) 위치에 있을 때는 조차潮差가 최대가 되며 이를 '사리'라 한다. 달이 상현 또는 하현 위치에 있을 때는 조차가 최소가 되며 이를 '조금'이라 부르는데 통상 조수潮水가 가장 낮은 매월 음력 7, 8일과 22, 23일을 이르는 말이다. 갯마을 사람들은 이 사리와 조금이 생활전선의 생명선이다.

고기잡이 나가는 기준이 되는 까닭이고 이를 잘 살펴야 살아서 귀환할 수 있어서다. 달은 그렇게 태양의 빛을 반사할 뿐인 달빛의 역할이 아니라 사리와 조금을 포함하여 어떤 신비로운 음성을 발함으로 인하여 바닷물이 들어오고 나가는 밀물과 썰물 현상이 일어난다고 본다. 바닷물이 달의 음성을 듣고 달빛이 바닷물에 관여한다. 실제로 밀물과 썰물은 달과 태양의 인력과 지구의 원심력에 의해 일어나는 현상이다. 그러나 그 시간 차이가 매일 달라서 변화무쌍하다. 하루에 두 번씩 교차 되는 밀물과 썰물의 정확한 시간대는 누구도 알 수 없다. 지구와 달의 자전과 공전이 서로 다르기 때문이다. 그 속에서 바다가 달의 음성을 듣는다는 사실은 삼라만상에 생명체가 산다는 말과 같다.

　오옥섭의 「달빛 봄밤」은 그런 변화무쌍의 '달빛'을 첫 연에 꺼내 놓는다. '달빛'은 반드시 바다와만 상관하는 게 아니라고 한다. '백지 위를 서성이는 / 봄밤의 달빛'이다. 여기서 '달빛'은 시 창작을 은유한다. '봄밤'의 '달빛'만큼 설렘을 주는 신호는 없다. 봄밤의 달빛이란 고요하면서도 괴이한 마력으로 이상한 흥분에 빠지게 하기 일쑤다. 일테면 기괴한 유혹의 시작이다. 유혹의 중심을 일러 오옥섭은 시적 화자를 통하여 '잘스미는 홍아 꽃물 / 심장의 꽃 나의 시'이라 표현한다. '달빛'이 이미 '홍아 꽃물'로 물들여져 있다. 이 '홍아 꽃물'이란 '시'이다. 그냥 '시'가 아닌 '심장'의 시다. '심장의 꽃 나의 시'이다. 심장은 생명이다. 심장이 손상되면 죽는다.

　그 심장이 '시'라는 단정은 오옥섭의 시사랑 깊이를 가늠케 하는 시어다. 오옥섭의 시사랑은 장차 오옥섭을 신선하고 새로운 길로 안내해 줄 것이다. '터널 안 햇살 같은 첫사랑 / 영혼 속 시의 꽃물' 시행처럼 '첫사랑'의 황홀 지경으로 새로운 미래를 열어 줄 것이다. 그것이 이 시편, 「달빛 봄밤」이 주는 요점이다. 동시에 이 시편이 오옥섭의 첫 시집에서 시적 형상화에 변별성을 보여 주는 작품이다. 봄밤 달빛은 쉬이 봄을 몰고 온 것의 표출이다. 오옥섭 첫 시집의 특장 중 하나가 빈번한 봄의 서정을 읊는다는 점이다. 이 점은 특히 두드러지게 나타난다. 그중에서도 이 시편은 백미의 작품이라 하겠다.

또한 「봄이 오는 길」에서 시적 화자는 '별빛 달빛이 밝혀 주는 길 따라가면 / 초가지붕 문지방 넘어온 달빛 아래 / 개구리 울음 봄밤을 노래'한다. 「달빛 봄밤」과 다르지 않다. 서정이 물씬 풍기면서도 '작은 창호지 문틈 사이로 / 백합꽃 향기 스미던 거기서 / 처음 시詩 사랑할 때처럼 / 밤새워 시 쓰기 하고 싶다'는 강한 시 창작의 열망을 담금질해 놓는다.

이 또한 '달빛 봄밤'에서와 동등한 시사랑의 표식이다. 오옥섭은 진정으로 시를 사랑하고 시에 빠진 시의 신부로 다시금 서는 현장인 것이다. 두근거림이 가득한 모습이 눈에 선한 것은 시를 아끼고 시를 보듬는 심정이 읽혀서일 것이다. 시를 사랑하는 마음은 그 진동의 폭이 넓고 깊다. '자연'을 감지하는 오옥섭의 촉수 역시 섬세하다.

달빛 받아 물고
눈부셨던 목련
이제 이별의 손 흔든다
거기 개구리 울음 자지러진다

이별이 떠난 빈자리

왕거미 집 넓히기 온 밤을 다 쓴다

우주의 숨소리 더욱 빨라지고

하현달 떠밀고 별빛 안은 연못

춤추는 물방개 세상이다

자연 모두가 시

너를 향해 말 걸고

장엄한 생명으로

또 다른 새벽을 만난다

「자연은 시」 전문

　　위에 예시한 「자연은 시」 시편 역시 그러하다. 섬세한 관찰
이다. 그러나 이 시편은 우선, 시 제목이 어렵고 넓다. 이런
경우는 대개 시가 제시하고자 하는 의미망에서 일탈하는 빈
도수가 잦다. 문학에서 표현이란 겉으로 나타냄과 밖으로 내
민다는 두 가지의 의미다. 이는 동양과 서양을 포괄한다. 재
론하면 정서와 언어, 그리고 주체라는 요소들의 상호 견련성
의 밀도 여하를 살펴 뜻과 생각을 가장 효율적으로 전달하는
것을 말한다.
　　그에 비춘다면 '자연'의 시제는 우주적이라 막연하다는 특

성을 띤다. '달빛', '목련', '이별', '개구리 울음'이 1연에 등장하는 사물이다. '빈자리', '왕거미', '온 밤', '우주', '하현달', '연못', '물방개 세상'이 2연에 나온다. '생명', '새벽'이 3연에 나온다. 한 단어만으로도 한 편의 시편을 형성하기 버거운 중압감에 압도당할 정도다. 그러나 실제는 다르다. 이해가 쉽고 공감이 간다. '목련'은 우선하여 '달빛'을 (입에) 물고 피었다가 '이제 이별의 손을 흔든다'고 보았다. 2연의 첫 연에 등장하는 '이별'은 1연의 '개구리 울음'이 자지러지는 까닭에서다. 정교한 배치다.

이렇듯 오옥섭은 잡다한 물상들을 내세우면서 '너를 향해 말 걸고 / 장엄한 생명으로 / 또 다른 새벽을 만난다'는 '생명'의 현현을 내보인다. '생명'을 거론하면서 보조 관념으로 '새벽'을 배치한다. 시 쓰기의 정교함이 돋보이는 시편이자 달빛의 길을 창조해 낸 오옥섭의 시적 토양이 만만치 않음을 보여주는 작품이 아닐 수 없다. 이 모두가 달빛이 빚어내는 새벽의 생명이라는 것이다. 그리고 바로 그 길이 달빛의 길이라는 것이다. 이로써 새벽의 생명으로 채색된 찬연한 깃발의 천이 창공을 뒤덮으며 펄럭이는 것이다.

3. 자연염색의 시

오옥섭의 시편 곳곳에는 꽃물 들이는 형상을 시어에 담는다. 꽃물 염색이다. 고대로부터 내려온 백의민족의 전통 속에는 염색이 들어 있다. 천연 염색이다. 예술품을 지칭하는 낱말이 아트art라면 염색은 공예품을 지칭하는 낱말인 '크래프트craft'에 속한다. 두 낱말의 어원적 의미는 다 같이 어떤 물건을 만드는 기술technique과 솜씨skill를 통칭한다는 의미에서는 같지만, 그런 것의 결과물을 만드는 과정은 다르다는 것이 영국의 화가이며 고고학자인 콜링우드Collingwood의 주장이다.

이러한 점은 이수철의 공저『공예의 이해』본문 첫 장에 나오는 '공예는 일반적으로 실용성을 바탕으로 하며, 그 아름다움은 용用으로써 나타난다.'는 관점과 일맥상통한다. 예술이 생명의 정신 작용이 빚어내는 한 과정이라면 공예는 예술적 영감이 깃든 쓰임새의 조화를 이룰 때 무명천은 그때 비로소 제 색채와 빛깔을 띠고 산뜻한 몸으로 주인을 맞는다. 용用의 순간인 것이다.

그 아트와 크래프트의 현장에 오옥섭이 있다. 나부끼는 천 자락들이 소박하다. 천만이 아니다. 자연을 포괄한다. 그를 바라보는 시어의 행간처럼 맑고 순수한 눈빛이다.

어느새 가지마다

완연한 봄을 입고

언 땅 녹는 틈새로

연둣빛 자박자박 걸어 나온다

긴 잠에서 깨어난 자리마다

고운 물감 버무리며

햇살 당기는 소리

또 건져야 하는

계절 속 풍경

봄이 문 앞에 아물거려도

가슴 펴고 일어서지 못하는

시간 저편의 날들

다시

봄은 나무마다 꽃등 달고

무릎 세워 일어선다

_「다시 봄」전문

「다시 봄」 시편은 오옥섭의 시적 시선을 말해 주는 작품이다. 오옥섭의 주된 시의 시선은 채색이다. 겨울이라는 혹한의 동면기를 지나온 대지에 새 생명이 올라오는 '봄'에 대한 시편이 무수히 많다. 시집 전체에서 가장 빈번한 시어가 '봄'이다. 시집 전체에서 등장하는 '봄'은 생명의 희열을 상징한다. '봄'은 언제나 한결같이 신비로운 자연현상이다.

우주 만물과 사람 역시 '봄'이 가져다주는 활력과 생동감의 영향력이 지대하다는 관점이 오옥섭의 시각이다. 그래서 '긴 잠에서 깨어난 자리마다 / 고운 물감 버무리며 / 햇살 당기는 소리'에서 보는 바와 같다. '고운 물감'을 버무려 하나로 물들이는 염색이다. 염색이라 하여 반드시 물감을 주조하여 천을 물들이는 것을 지칭하는 건 아니다. 염색처럼 물들여지는 자연의 섭리와 심리적 묘사가 그렇다는 것이다.

오옥섭의 이 염색 취향의 성정은 새로움을 지향하는 화자의 시적 지향점으로 볼 수 있다. 변하는 계절처럼 마음과 생활이 새로워지고 싶은 것이다. 오로지 정갈하게만 열심히 살아온 날들을 '고운 물감 버무리듯' 한데 버무려 새롭게 변화하는 뭔가 새로운 비상을 꿈꾸는 속마음의 표현이다. '언 땅 녹는 틈새로 / 연둣빛 자박자박 걸어 나온다'에서 주어는 '연둣빛'이다.

시편들을 살펴보면 '연둣빛'은 오옥섭이 즐겨 애용하는 빛깔이다. 겨우내 죽어 있듯이 바싹 마른 가지가 푸릇푸릇 옷 갈아입을 무렵의 색깔이다. 미래의 희망, 새로운 계획, 용솟음치는 전율을 상징한다. 시어를 이끌고 가는 1연의 '어느새 가지마다 / 완연한 봄을 입고' 등의 시행에서 보는 바와 같이 비교적 직관이 잘 드러나고 있다. 사물을 접하는 순간 전광석화처럼 그를 변용시켜 표현하길 즐긴다. 하기의「자귀나무 향기」를 보자.

빗방울 후둑후둑 자귀나무 꽃잎을 때린다

유월 꽃 잔치 시새움이다
고향에 새 터 잡던 날
황토 담 안에
순 어린 자귀나무 하나 식구로 들였다

함께 살아온 지 스무 해
홍아 물빛 배이다 만 명주실 자귀꽃
매혹적인 단내는 마당 가득하고
녹색 바람 일고 있는 하늘을 향해
빗살로 선을 긋는 우아한 자태

이파리 포개지는 저녁 내내 불 밝히고

날마다 키를 더해 창 안으로 고개 내밀어

삶의 촛불에 심지 돋우는

너의 향기 깊고 그윽하여라

지는 꽃조차 차마 떨쳐 버릴 수 없는

연연한 자연의 경이로움이여

_「자귀나무 향기」 전문

끓는 태양빛으로 물든 연초록 이파리

완연한 빛깔 되기 위해

노곤함 깊이 묻고

황사 바람 견딘다

고독이 싫어 서로 몸 부비며

진한 잎 천지에 무리 지어 피어나

마디마디 만져 주며 숨어서 성을 쌓는다

하루를 지우며 걸어오는 어둠

평화로운 숲, 거기쯤

내 안에 내가 서 있다

외로운 날 숲으로 가면
한참 동안 기대고 싶어지는
어머니같이 따뜻한 숲…

_「숲속으로 가는 길」 전문

오옥섭의 사물을 관조하는 눈빛이 싱그러운 유월을 불러온
다. 스무 해를 같이 살아온 자귀나무와의 인연과 그 일생의 시
간대는 추억을 쓰고 있다. 오래전 일이다. 이십 년 전에 고향
당진 집에 집을 건축하면서다. '고향에 새 터 잡던 날 / 황토
담 안에 / 순 어린 자귀나무 하나 식구로 들였다' 어린 자귀나
무 묘목이 식구로 입주한 것이다. 그 나무가 꽃을 피웠다.

자귀나무는 잎새 틔워 개화하는 시기가 봄꽃 중에서 가장
늦다. 유월에 피기 시작하는 자귀나무 꽃은 퇴화하고 그 대신
에 수 센티의 수술 색깔이 살짝 붉은색이다. '그를 홍아 물빛
배이다 만 명주실 자귀 꽃'이라 썼다. '홍아'는 국화과의 식물
이다. 가을에 꽃 핀다. '홍아꽃'으로 자연염색을 하였던 경험
칙을 읽을 수 있다.

'매혹적인 단내는 마당 가득하고 / 녹색 바람 일고 있는 하

늘을 향해 / 빗살로 선을 긋는 우아한 자태'에 매혹당한다. 자귀나무를 맵시 고운 여인으로 본다. '이파리 포개지는 저녁 내내 불 밝히고 / 날마다 키를 더해 창 안으로 고개 내밀어 / 삶의 촛불에 심지 돋우는 / 너의 향기 깊고 그윽하여라' 부분은 자귀나무 예찬론이다. 여기서 '이파리 포개지는' 시행은 자귀나무의 형태를 말한다.

자귀나무가 일명 야합수夜合樹, 합환수合歡樹, 합혼수合昏樹로 불리는 것은 그러한 '이파리 포개짐'에 있다. 그런 연유로 자귀나무를 사랑나무라고도 하여 창가에 심어 이를 감상하곤 하였으며 자귀나무 두 가지를 서로 비끄러매 놓아 연리지連理枝를 만들기도 하였다. 그런 자귀나무를 그대로 표현한 시행이 끝 연이다. '지는 꽃조차 차마 떨쳐 버릴 수 없는 / 연연한 자연의 경이로움이여.'를 수식한다.

자귀나무 한 그루조차 아끼고 사랑하며 경이로워하면서, '자귀나무 꽃그늘로 걸어오시던 날 / 어설픈 몸짓을 쓰다듬어 주시며 / 글 쓰는 험한 길 외롭지 않도록 / 동행의 길 선뜻 열어 주셨다 // 생의 한 귀퉁이에 서서 / 서성거리던 꿈을 키워 주신 당신 // 가뭄 들어 메말라 가는 글밭에 / 마중물 부어 주신 당신'(「시에게 -H선생님께」 일부)이라면서 자귀나무를 '시'로 읽기도 한다. 시를 알게 하여 준 은사께 드리는 헌시에 '자귀나무'를 예시한 시편이다. 이처럼 자귀나무 한 그루에서도 마치 지인과의 인연인 듯 오래도록 인연을 가꿔 오는 모습에서 오옥섭의 모성성의 온후함을 만난다.

그리하여 인연과 사랑의 일체들이 모여 마침내 「숲속으로 가는 길」 시편을 낳고, '고독이 싫어 서로 몸 부비며 / 진한 잎 천지에 무리지어 피어나 / 마디마디 만져 주며 숨어서 성을 쌓는' 지경에 이른다. 그리고 이번 시집 전체에서 가장 빼어난 연聯으로 조합된 '하루를 지우며 걸어오는 어둠 / 평화로운 숲, 거기쯤 / 내 안에 내가 서 있다'를 낳아 놓는다. 왜 빼어난 연인가. '하루'는 넓게 보면 삶이다. 삶의 궁극은 결국 죽음이라는 어둠에 묻히는 것이다. 마치 '하루를 지우며 걸어오는 어둠'이듯이 어둠은 모든 삶의 종착점이다. 아이러니 아닌가.

그 '어둠'은 '평화'를 가져다준다. 무섭고 두려운 어둠이 아니라 그윽하고 정감 넘치는 어둠이다. 거기에다가 '내 안에 내가 서 있다'는 시행은 백미白眉다. 빼어난 절구인 것이다. 인지하든 인지하지 못하였든 이 시편은 먼 나라, 그리고 가까이에 있는 나라, 죽음과의 견련성이 있는 작품이다. 그렇잖은가. '숲속으로 가는 길'이란 산에 들어가 소나무 밑에 묻히는 일 아니고 무엇인가. 사람의 일평생이란 그저, '새벽 강물 위에 / 스멀스멀 안개 일어서고 / 서로를 다독이는 우정 앞에 / 밤을 잊은 먼 기억 속 / 또 하나의 추억을'(「또 하나의 추억을 만든다」 일부) 만드는 일 아니겠는가.

더하여 자연 염색의 방편이란 비단 천에 자연 염색하는 것만이 아니다. 계절이라는 봄, 여름, 갈, 겨울, 그리고 모든 인연과 내 안의 나, 곧 나의 참 얼굴인 진정한 자아를 만나고 그를 채색해 가는 일 전체를 아우르는 일이다. 삶의 부위 역시 동등하다. 오옥섭은 그런 시를 써 오는 것이다.

4. 결어

이상 위에서 살펴본 것처럼 오옥섭의 시 세계는 때 묻지 않은 순수함, 그리고 성결한 모성성母性性의 고양高揚에 있다. 누가 알든 모르든, 알아주든 알아주지 않은 간에 고요히 시 쓰기에 노력을 기울이는 오옥섭의 진정성에 있다. 그리고 '그늘'에 서기를 간구하는 데 있다.

　　　　　3번이 호명되기를

　　　　　기다리는 수술 대기실

　　　　　정적이 흐른다

　　　　　푸른색 환자복을 입고

　　　　　휠체어에 의지해

　　　　　중죄인의 자세로

3번이 불려질 때를 기다린다

오전 10시 밖이 보인다
간밤을 꼬박 새우며 몇 년형이 내려질까
중죄일까, 집행유예 아니면 경고 조치
설마 수감되는 일은 아니겠지

'당신의 그늘에 서게 하소서'

어느 사이 회복실
'고생하셨어요 정신이 드시나요'
천국과 지옥도 볼 새 없이
나를 지웠던 시간
참으로 스스로 가야 할 이 길
하나님의 나라에 드는 예행연습

「삶은 체험의 연속」 전문

'그늘'은 주요한 시행이다. 굳이 예시한 위 시편을 왈가왈부할 언어는 존재하지 않는다. 거의 팩트이기 때문이다. 그러나 오옥섭은 위 시편에서 보는 바와 같이 팩트를 언어미학에 접목하여 시적 화자를 통한 '그늘'을 조망한다. '그늘'은 자기 성찰과 자아 반성을 촉성한다. 보라. 무수히 많은 사람이 양지에 서기를 간구할 때, 죽음을 식면하면서 화자는 '당신의 그늘에 서게 하소서'라는 기도를 올린다. '그늘'에 서는 일은 지상의 그 어떤 환호나 박수를 받는 일보다 가치 있는 일이다. '그늘'에 서기란 쉽지 않다. 지금 지상에서는 자기의 이름자 현시를 위하여 기상천외의 별의별 일을 다 벌이곤 한다. 어떻게 해서라도 제 이름을 나타내려 안간힘 쓰기를 마다치 않는다.

보편적으로 사람들은 눈곱 오래기만큼도 '그늘'에 서려고 하지 않는다. 그런 세상이다. '환자복'을 입고 있으니 특수 상황이긴 하다. 시적 화자는 수술실 들어가고 나오는 그 험난한 과정을 '삶의 체험'이라고 평이하고 담담하게 토로하면서, '그늘에 서게 하소서'라는 명구를 남김으로 삶과 시의 반전을 이뤄 낸다. 투박하고 느리며 다소 어눌하게 진행됨이 감지되는 시어의 전개는 실상 현란한 언어의 조리돌림보다 오백 배나 더 유용하다. 절절한 울림으로 다가오는 것이다. 그만큼 오옥섭의 심성이 진지하고 진정성을 함유하고 있다는 증거다. 깨끗한 심상의 정갈한 시심이 분출된 것이다.

또 하나 대체로 오옥섭의 시, 거의 모든 시편에서 직관에 의한 시 창작이 대부분이라 하겠다. 오옥섭 시인은 사물이나 현상에 대하여 다양한 연상 작용의 결정에 앞서 마주하는 사물이나 현상, 그 자체가 근원적이고 독자적인 인식 원천이라는 관점에서 생생한 시 창작을 한다는 점이다. 그리하여 오옥섭의 시어는 행간에 숨어 숨 쉬는 소박하나 진정성이 넘쳐나는 표현들이 많다. 이는 시가 직관의 표현이라고 극단적으로 주창하였던 이탈리아의 저명한 저술가 크로체에 부합하는 면면이 상당하다 하겠다.

결국, 오옥섭 시인의 시 세계는 시를 통한 자기 자신의 순결성 함양과 일상에 대한 무한한 감사의 둥지를 틀어 간다는 점이 특색이다. 오옥섭의 시 쓰기는 일체의 타산을 초월한 탐구다. 새로운 자기 자신의 발견과 이상향의 창조에 시 쓰기가 유일한 통로임을 자각한다. 그를 위하여 오옥섭은 햇살의 힘을 배웠다. 삶의 어둠에 굴복하지 않고 연초록 달빛의 길을 인지하였다. 그러고는 마침내 자연 염색으로 변별되는 자연의 삶으로 인생 여정을 아름답게 염색하여 승화시키려는 시적 궤적을 지향하였다.

첫 시집부터 매우 중요한 관점을 포착한 것이다. 바라기는 앞으로 오옥섭의 시가 눈으로 보이는 대상을 삼켜 신비의 신성神性으로 변용하여 토吐해 내길 주문呪文해 마지않는다. 부디 이 주문 비밀을 알게 되길 바란다.

끝으로 고향 시편들, 오옥섭 시인이 낳고 자란 둥지에 해당하는 고향, 당진을 평생토록 단 한 번도 떠나지 아니하고 고향 땅에 터 닦아 집 짓고 살면서 쓴 애향의 시편이 상당하나 지면 관계상 그에의 평은 미뤘음을 부기한다.